大橘猫 · 编
姑苏阿焦 · 绘

生活就是哈哈哈

江苏凤凰文艺出版社
JIANGSU PHOENIX LITERATURE AND ART PUBLISHING

图书在版编目（CIP）数据

生活就是哈哈哈 / 大橘猫编 ; 姑苏阿焦绘 .
南京 : 江苏凤凰文艺出版社，2024. 12. -- ISBN 978-7-5594-9169-5

Ⅰ. H136. 33

中国国家版本馆 CIP 数据核字第 2024914L82 号

生活就是哈哈哈

大橘猫 编 姑苏阿焦 绘

责任编辑	杨威威
产品监制	穆秋月 赵 月
策划编辑	苟 敏 刘 伟
封面设计	言 成
责任印制	杨 丹
出版发行	江苏凤凰文艺出版社 南京市中央路 165 号，邮编：210009
网 址	http://www.jswenyi.com
印 刷	天宇万达印刷有限公司
开 本	880 毫米 ×1230 毫米 1/32
印 张	8.5
字 数	51 千字
版 次	2024 年 12 月第 1 版
印 次	2024 年 12 月第 1 次印刷
书 号	ISBN 978-7-5594-9169-5
定 价	46.00 元

沉默

001

凡事都有个缘故，说出来，人也不委屈。

——［清］曹雪芹《红楼梦·第二十二回》

学会沟通，才能学会爱。

谁都不是谁肚子里的蛔虫，有委屈直接说出来。

不能一味靠猜，否则只会越来越心累，越来越厌倦。

心宜闲

002

问余何意栖碧山，笑而不答心自闲。

桃花流水窅然去，别有天地非人间。

——［唐］李白《山中问答》

你问我为什么要居住在这偏幽的山里，

我心里坦然，笑而不答。

桃花愿意追逐流水而去，就随它去吧！

在我心里，这里别有洞天，如同仙境，不是人间可以比拟的！

心中淡然，居于偏幽，又怎么会在意他人眼光？

伤感情

003

随意春芳歇，王孙自可留。

——[唐]王维《山居秋暝》

春天的芳菲就随它消歇吧，山中的秋景也能让我留下来。

生命中总会逝去一些如春光般灿烂的事物，但请不要为此悲伤、遗憾。不妨转过头来，看看那些如秋日般澄澈宁静的事物，它们也很美好。

就算错过落日和晚霞，不也还有星星和月亮吗？

宜 淡然

004

问余何适，廓尔亡言。

花枝春满，天心月圆。

——［近代］弘一法师《临灭遗偈》

问我将要去哪里，我答不上来。如果我是花枝，我会春意盎然；如果我是圆月，我会挂在天心。

弘一法师一生传奇，半世人间，半世佛寺，绚烂之极，又归于平淡。

不必问将要去哪里，做什么，只是认真地去，认真地做，就好。豁达淡然，如风常拂，如月明澈。

忌 烦事

005

春有百花秋有月，夏有凉风冬有雪。

若无闲事挂心头，便是人间好时节。

——［宋］无门慧开《颂古五十五首·其一》

春花灿烂，秋月皎洁，夏风徐徐，冬雪融融。一年四季，只要心闲，都是好时节，都有美好的事物值得珍惜和赏玩。

不要因为一些琐事而阻碍我们欣赏生活的美丽，乐观豁达，闲下心来，毕竟五味俱全才是人生。

宜 006 珍重

人无千日好，花无百日红。

——［元］杨文奎《儿女团圆》楔子

人不会一直好，花不会一直红。

贫穷富有、苦难幸福、相聚离开、爱恨情仇……世间的一切都有尽头，没有什么能永垂不朽，物质的尤然。

要淡然，也要珍惜。看淡财富名利，珍惜眼前人。

忌

乱寻

007

尽日寻春不见春，芒鞋踏遍陇头云。

归来笑拈梅花嗅，春在枝头已十分。

——［宋］佚名《悟道诗》

耗尽一天的时光，踏遍山头，寻找春意，却一无所获。回来后恍然大悟，笑着拈起春梅一嗅，才发现眼前的枝头上春意正热闹。

我们苦苦追寻的东西也许就在身边，只是因为我们没有感知它的心，没有发现。

所以，向外努力的时候，也要记得向内环视。

对于世人也是，哪能既要又要呢？

宜 放下

008

倘能于现在环境的苦乐顺逆一切放下，无所挂碍，则固至善。

——[近代] 弘一法师《药师如来法门一斑》

生活中所有的苦恼，都源于执念。

执于一念，必生一忧。花开是一念，花落是一念。喜是一念，悲是一念。不伤花落，喜迎花开，便万般自在。

人生，有舍才会有得。想要的越多，羁绊也会越多。放下，才会释放重负，才能安然自如，才能收获更多的幸福。

宜 自信

009

天生我材必有用，千金散尽还复来。

——［唐］李白《将进酒》

任何时候，都不能轻易否定自己。

每个人都自有用处。陷于困境，也许只是还没有发现自己的才能所在。

大胆阔步向前，即使一败涂地，重新来过又如何！

忌 010

恋爱脑

人生自是有情痴，此恨不关风与月。

——［宋］欧阳修《玉楼春·尊前拟把归期说》

情本人生来固有，与风月无关。风月只是人寄托情的事物。

我爱你，是因为你唤起了我的爱。本质上，“我爱你”等于“我爱我自己”。“你”只是“我的爱”的“影子”。

反过来，想爱别人，首先要爱自己。爱自己，才知道爱什么。知道爱什么，才能找对人。找对人，才会爱。会爱，才能被爱。

花若盛开，蝴蝶自来，为爱情至理。

豁达

宜

011

竹杖芒鞋轻胜马，谁怕？

一蓑烟雨任平生。

——［宋］苏轼《定风波·莫听穿林打叶声》

苏轼因乌台诗案被贬黄州（今湖北黄冈）。黄州偏僻，环境险恶，物产贫瘠，苏轼过得很艰苦，但因劫后余生而变得坦然乐观。

没有粮，就自己开荒种地。在“东坡”，种下稻谷、麦子、桑树、枣树、栗子树……每天捣麦做饭，不亦乐乎。

没有菜，就自己创制。当地人不爱吃的猪肉，在他的文火慢炖下，变成了软烂解馋的红烧肉。

历经风雨，苏轼却更加泰然自若，超脱人生。

人生路有什么可怕？拄竹杖，穿草鞋，轻捷胜过骑马；一身蓑衣，照样可以抵挡风吹雨打。

苦恋

012

天涯何处无芳草。

——［宋］苏轼《蝶恋花·春景》

对于爱情，你终将明白：

你爱的人其实很普通，走入人群便消失不见；你爱的花其实不独特，街心花园到处都是。

你爱的人不是无情，只是将情给了别人；你爱的花不是无果，只是将果结在别的枝头。

你爱的人只是过客，不会长久属于你；你爱的花也有花期，不会永远等待你。

走了就走了，谢了就谢了。还会有你爱的人，还会有你想呵护的花。

你要坚信：你爱的人只在你的人生路上，你爱的花只在你的花园里。

宜 向上

013

我见青山多妩媚，料青山见我应如是！

——［宋］辛弃疾《贺新郎·甚矣吾衰矣》

我见到眼前的青山多么妩媚可爱，料想青山眼中的我也应该如此吧！

年龄焦虑？不存在的！

不服老就会“永远年轻，永远热泪盈眶”。

欲念 014

宠辱不惊，闲看庭前花开花落。

去留无意，漫随天外云卷云舒。

——［明］洪应明《菜根谭》

人生无常，明天会是什么样，谁也说不清楚。荣华富贵，转瞬即逝；人来人往，好意难留。到头来，拼命想抓住的，却总是抓不住。

花开花落，云卷云舒。多么平常，多么自然。

只能低头时，不妨看看庭院的花；当能抬头时，就仰望一下天空的云。

宜

015

爱人

爱人者兼其屋上之乌，

不爱人者及其胥余。

——《尚书大传·牧誓·大战》

俗话说：“情人眼里出西施。”

喜爱他，就连他房屋上的乌鸦也喜爱；厌恶他，就连他身边的人也厌恶。

爱没有条件。爱一个人，会爱他所有。

恨没有理由。恨一个人，会恨他所有。

不舍

忌

016

信誓旦旦，不思其反。

反是不思，亦已焉哉。

——《诗经·卫风·氓》

誓言如火，热烈在心。

听誓言的人，还在为爱倾尽勇气。

说誓言的人，却已背叛离场。

说到的不一定做到，做到的不一定说到。

誓言犹在耳，人已被抛弃。算了吧，想也没有用！

他不是值得你托付真心的人！

宜 017 自求

永言配命，自求多福。

——《诗经·大雅·文王》

人虽有命，但福在自求。

自求心安，外求无定。

018 忌薄交

知我者，谓我心忧；不知我者，谓我何求。

——《诗经·王风·黍离》

知己难求，几人有？

但如何判别对方是不是你的知己？

知道你的人，会问你忧愁什么；不知道你的人，会问你追求什么。

总之，知己会理解你，会忧你之忧。

019

宜 约会

风雨如晦，鸡鸣不已。

既见君子，云胡不喜。

——《诗经·郑风·风雨》

风雨故人来，人生多么难遇的事情！

风雨交加，昏天黑地，鸡群骚动，鸣叫不已。但见到了心上人，怎么能不欢喜呢？

遇到这样的人，请珍惜！

忌020 不孝

父母在，不远游，游必有方。

——《论语·述而》

父母健在，不能轻易远游，非要远游，必须告诉父母去的地方。

树欲静而风不止，子欲养而亲不待。

在远方追寻理想的同时，不要忘了关照在家乡的父母。

阿隹漫画

忌021 白日梦

不知周之梦为胡蝶与，胡蝶之梦为周与？

——《庄子·齐物论》

庄周梦见自己变成一只蝴蝶，感到很愉快和惬意，忘了自己是庄周。突然梦醒，才发现自己是庄周。是庄周梦见自己变成了蝴蝶，还是蝴蝶梦见自己变成了庄周？

人生如梦，梦醒时还如在梦中。

宜 储蓄

022

仓无备粟，不可以待凶饥。

——《墨子·七患》

手有余粮，心中不慌。

仓库没有储备粮食，就无法应对灾年。

要理财，也要储蓄。

忌 023

不作为

道虽迩，不行不至；事虽小，不为不成。

——《荀子·修身》

行动永远最重要。

路途虽近，不前行不会到；事情虽小，不去做不能成。

别管那么多，先做！

宜 深情
024

任凭弱水三千，我只取一瓢饮。

——［清］曹雪芹《红楼梦·第九十一回》

世界上的城市很多，我只去一座。

城市里的房子很多，我只住一间。

路上的车很多，我只坐一辆。

路边的乘客很多，我只载一位。

花园里的花很多，我只摘一朵。

人海中的人很多，我只爱一个。

不忌作乐

025

人生得意须尽欢，莫使金樽空对月。

——［唐］李白《将进酒》

人生苦短，该行乐时就行乐。

得意的时候，乐上加乐。

失意的时候，以乐消苦。

奋进的时候，苦中作乐。

宜 026 赏月

人生代代无穷已，江月年年望相似。

——［唐］张若虚《春江花月夜》

比起日月的恒久，人的一生短如刹那。

然而，无论什么时候都能看到一样的月亮，不也是一件很美好的事情吗？

伤怀

忌 027

庭树不知人去尽，春来还发旧时花。

——［唐］岑参《山房春事二首·其二》

人离去，花还开。

物是人非，人生常态！

宜 看开

028

还君明珠双泪垂，恨不相逢未嫁时。

——[唐]张籍《节妇吟·寄东平李司空师道》

君未娶，我已嫁。

在错误的时间，遇到对的人，也是一种人生遗憾吧！

忌消沉

029

沉舟侧畔千帆过，病树前头万木春。

——[唐]刘禹锡《酬乐天扬州初逢席上见赠》

沉舟侧畔，有千帆竞发。

病树前头，有万木争春。

新生事物，势头总那么强劲。

于人而言，只有“不断更新”自己，才能获得持久的生命力。

宜 专一

030

曾经沧海难为水，除却巫山不是云。

——[唐]元稹《离思五首·其四》

去看过大海，别处的水就算不了水；去看过巫山的云，别处的云就算不了云。

爱过你后，再也无法爱上别人。

相思

031

枕上片时春梦中，行尽江南数千里。

——[唐]岑参《春梦》

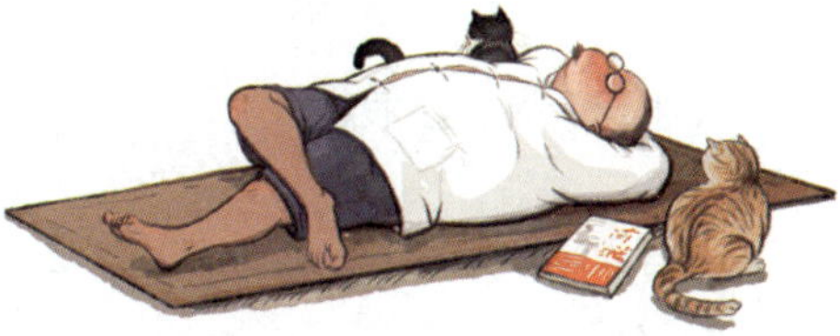

枕上一梦，行尽千里。

现实中见不到的人，梦里去见见，也未尝不可。

宜 032

体悟

掬水月在手，弄花香满衣。

——[唐]于良史《春山夜月》

风吹起，铃悦耳。

雨落后，虹出现。

飞机划过，长空有痕。

小舟泛湖，波浪起舞。

有人来，只管去迎。

有事来，只管去应。

掬水有月，抚花留香。

静心体悟，收获意外之喜。

宜 033

从心

流水下山非有意，片云归洞本无心。

人生若得如云水，铁树开花遍界春。

——[宋]释守净《偈二十七首·其一》

水奔流不息，顺山而下；云踏遍天空，随风归洞。

人生如果能像云水一样，随心随缘，自在洒脱，便能获得非凡的生命体验。

034 忌 苟求

一切恩爱会，无常难得久。

生世多畏惧，命危于晨露。

由爱故生忧，由爱故生怖。

若离于爱者，无忧亦无怖。

——《妙色王求法偈》

由爱生忧，由爱生怖。

爱是快乐的眼泪，爱是甜蜜的盐。

爱会开花，不一定会结果。

享受爱的过程，而不苟求爱的结果。

如此，爱才是爱。

宜 独处

035

山花落尽山长在，山水空流山自闲。

——［宋］王安石《游钟山》

能一直陪伴自己的，只有自己。

山上的花落了，山还在；山上的水流去，山也还在。

人生路上，独处很重要。

忧虑

036

过去事已过去了，未来不必预思量。

——［元］石屋禅师《山居诗》

昨天是昨天，明天是明天。

不思量过去，不操心未来。

把握现在，活在今天。

宜惋惜

037

君生我未生，我生君已老。

——[唐]无名氏《无题》

爱情不会老，人却会老。

你未生，我已生。你生时，我已老。

即使相逢，你年轻而热烈的爱，我已没有福气享受。

时间差造成的情爱遗憾，只有惋惜。

038 迟疑

花开堪折直须折，莫待无花空折枝。

——[唐]杜秋娘《金缕衣》

爱情有花期，时间很重要。

折花人来早了，花没开；折花人来晚了，花凋落。

花开早了，折花人没来；花开晚了，折花人已去。

不管是花，还是折花人，都需要把握时间。

毕竟爱情，过时不候。

宜 039 惜时

花有重开日，人无再少年。

——［宋］陈著《续侄溥赏酴醾劝酒二首·其一》

花落了，明年还能再开；人老了，却不能再年轻。

太阳会重新升起，但已不是昨天。

钟表能调回原点，人却不能。

物是人非，不可避免。

人生如流水，珍惜吧！

忌感伤

040

今年花胜去年红。

可惜明年花更好，知与谁同？

——［宋］欧阳修《浪淘沙·把酒祝东风》

就算明年花开得更好，今年一起赏花的人还会在吗？

有些人注定只能陪你走一段路。

你是他的过客，他也是你的过客。

你要做的是：好好招待他。

认命

忌

041

命由我作，福自己求。

——［明］袁了凡《了凡四训·立命之学》

我命由我，我福由我。

042 宜少言

多言耗气。

——[明]袁了凡《了凡四训·立命之学》

人与人之间存在语言认知的隔阂。

把想法完全告诉一个人，是一件费力的事情。

想让人听懂你，也是一件费力的事情。

你费尽心力，把所有想法都说出来，但对方也许压根不知道你在说什么，甚至呵欠连天。

有时候，不如不说。

忌戏言

043

世间反目多由戏起。

——[清]沈复《浮生六记·闺房记乐》

人与人相处，边界很重要。

有的话，对谁都不能说；有的玩笑，对谁都不能开。

有的话，只能对特定的人说；有的玩笑，只能对特定的人开。

无论与谁相交，都要把握好分寸感。

宜 互爱

044

爱人者，人恒爱之；敬人者，人恒敬之。

——《孟子·离娄章句下》

人与人的交往是相互的。

爱别人的人，别人也会爱他；尊敬别人的人，别人也会尊敬他。

要想被人爱，就要先爱人；要想被人尊敬，就要先尊敬人。

045 忌计较

来如风雨，去似微尘。

——《增广贤文·上集》

人的一生，来的时候如同风雨一样有声有色，呱呱而坠；去的时候却如微尘一样飘然而逝，不声不响。

人生苦短，少计较，多体悟。

多做想做的事，多见想见的人。乘兴而至，兴尽而归。虽然落地无声，但也少有遗憾。

宜 自在

046

有花有酒春常在，无烛无灯夜自明。

——［清］蒲松龄《聊斋志异·考城隍》

只要有花有酒，就是春天；即使没有灯烛，也还有月亮照明。

阿焦漫画

宜三思

047

始之易，终之难也。

——[汉]司马迁《史记·春申君列传》

善始容易，善终困难。

开始之前，三思。

放弃之前，三思。

自私

忌

048

玉在山而草木润，渊生珠而崖不枯。

——《荀子·劝学》

美好的事物能积极地影响周围的人和事。

山有玉石，草木就会得到滋润；渊生珍珠，崖壁就不会干枯。

对人来说，也是如此。

一个美好的人，可以影响他人很久很久。

忌后悔

049

亦余心之所善兮，虽九死其犹未悔。

——［战国］屈原《离骚》

心之所爱，纵然为之死去多次也不后悔。

宜 050 仁爱

仁者不忧，知者不惑，勇者不惧。

——《论语·宪问》

仁爱的人不忧戚；智慧的人不困惑；勇敢的人不畏惧。

忌 051

溺爱

父母之爱子，则为之计深远。

——《战国策·赵太后新用事》

疼爱不等于溺爱。

父母疼爱子女，就应该为他们做长远打算。

宜 开心

052

遇饮酒时须饮酒，青山偏会笑人愁。

——［明］唐寅《无题》

能喝酒的时候就尽情地喝吧！要知道，青山都喜欢嘲笑那些被愁绪困扰的人。

人生三万天，过一天少一天，有什么可愁的呢？

053 错忌付

易求无价宝，难得有情郎。

——［唐］鱼玄机《赠邻女》

无价之宝，有办法求；

痴情之郎，可遇而不可求。

宜 自问

054

欲闻华亭鹤唳，可复得乎？

——［南朝·宋］刘义庆《世说新语·尤悔》

起初，陆机以文才名扬天下，被成都王司马颖任命为平原内史。后来，司马颖起兵讨伐长沙王司马乂，陆机为后将军、河北大都督，不料兵败。作战时，司马颖的心腹孟超不但不去打仗，还趁机劫掠百姓。陆机前去查办，却被孟超造谣谋反，司马颖大怒，诛杀了陆机。临刑前，他感叹："欲闻华亭鹤唳，可复得乎？"

人的生命有限，等到终结时才明白自己想要什么，已经晚了。

人生首要大事：知道自己想要什么。

伤情

忌

055

无人调护，自去经心！

——[清]沈复《浮生六记·闺房记乐》

面对出远门的爱人，这句话包含的情意最深了吧？

宜 细品 056

一杯为品，二杯即是解渴的蠢物，三杯便是饮牛饮骡了。

——［清］曹雪芹《红楼梦·第四十一回》

懂茶的人，一杯就能品出滋味。

品，在精，不在多。

无忌情 057

庭有枇杷树，

吾妻死之年所手植也，

今已亭亭如盖也。

——[明]归有光《项脊轩志》

与另一半约定好，后去世的那个要为先去世的那个植一棵生前喜欢的树。

宜

058

有癖好

人无癖不可与交，以其无深情也；

人无疵不可与交，以其无真气也。

——［明］张岱《陶庵梦忆·祁止祥癖》

没有癖好的人不深情，不能交；没有瑕疵的人不真诚，不能交。

有癖好，有瑕疵，才是鲜活的人。

忌 怀旧

059

是非成败转头空。青山依旧在，几度夕阳红。

——［明］杨慎《临江仙·滚滚长江东逝水》

从前种种，一笑而过。

宜 060 清净

看取莲花净，应知不染心。

——［唐］孟浩然《题大禹寺义公禅房》

义公在空寂的山里修筑了禅房，以供自己参禅入定。孟浩然拜访后，被山间清雅幽静的环境所染，杂心顿然消逝，而生闲适之心。

眼界清净，心自然不会被污染。

在时间的缝隙中，多去看看美好的事物吧！

一片天、一袖云、一棵树、一朵花、一个人、一条河、一座城市、一间房子……

阿信漫画

宜 变通

061

山边水边待月明，暂向人间借路行。

——［唐］灵澈《归湖南作》

与其在山边、水边苦等明月升起照亮前路，不如暂时向有灯光的人间借路前行。

个人的路虽然不同于众人的路，但与众人的路有交叉，有并列。有些时候，我们不必亲自开挖前路。

在众人的路与自己的路交叉、并行的那段，随波逐流又有什么不可呢？

忌苦闷 062

不成乎名，遁世无闷。

——《周易·乾》

心态安然，不管在哪里都没有忧虑。

隐遁世间不感到苦闷，不被世人认同也不感到苦闷。

管他人怎么看呢，只要不谋财害命，想做什么就做什么。

智宜怼

063

我亦不是佛。

——［明］瞿汝稷《指月录·卷之十一》

一秀才问从谂（shěn）禅师："佛不违背众生所愿，是不是？"

从谂禅师回："是的。"

秀才又问："我想要你手中的拄杖，你给不？"

从谂禅师回："君子不夺人所好。"

秀才说："我不是君子。"

从谂禅师回："我亦不是佛。"

对耍无赖之人，就要用耍无赖的方法回怼。

思量

064

临溪草草结茅堂，静坐安然一炷香。

不是息心除妄想，都缘无事可思量。

——[宋]赵彦端《翠微山居八首·其二》

既然无事可以思量，那么就不要故意想着熄灭心中的妄想。

没有什么可想，那么就不想。

不想去想，就不要想。

不想去想，说明没兴致。

即使有兴致，但不想去想，也不要去想。

这样，在寂静无事的时候，心里便会充实。

清闲

宜 065

尺璧易求千丈石，黄金难买一生闲。

——［元］清珙《山居诗·其一》

尺璧容易买到千丈之石，但是黄金买不来一生清闲。清闲乃无价之宝。

我们绕了一大圈，不遗余力地追求世俗定义的财富、名声、权威，把自己搞得筋疲力尽，最终不过想要一份随时都可以获得的闲心，又何苦？

忌 066

无自我

世人笑我忒疯癫，我笑世人看不穿。

——［明］唐寅《桃花庵歌》

唐寅以文名天下，号称“江南第一才子”。科举失意后，他一改往貌，嬉笑怒骂，放浪不羁，视车马权贵如尘土，分酒盏花枝给众人。疯癫，痴狂，不看世人眼色，自饮自斟，自在风流。

世俗的眼色如刀，如果我们一直听从，就会被削得没样，最终失去自己的本真。

记住，少听他人建议，多为自己疯癫。

宜 知足

067

比上不足，比下有余。

——［汉］赵岐《三辅决录》

比上不行，比下绰绰有余。

那些让我们望尘莫及的人，就让他们消失在视线之外吧！

失望

忌 068

何所闻而来？何所见而去？

——《晋书·嵇康传》

嵇康隐居山阳，每日与好友向秀打铁。颍川（洛阳）贵公子钟会，精练有才辩，仰慕嵇康，盛礼前去拜访嵇康。嵇康没有理会，将钟会晾在一边，只顾打铁。过了大半天，钟会觉得自讨没趣，起身要走，嵇康才开口说："何所闻而来？何所见而去？"钟会说："闻所闻而来，见所见而去！"

能带着期望前来，但不要带着失望回去。

人生路漫漫，不过多期望，也就不会过度失望。

宜

纵意

069

有大人先生，以天地为一朝，以万期为须臾，日月为扃牖，八荒为庭衢。行无辙迹，幕天席地，纵意所如。

——［晋］刘伶《酒德颂》

有一个大人先生，把天长地久当成一朝，把一万年看成须臾，将日月当做自己屋子的门窗，将八荒当做自己的庭院。他行无轨迹，以天为帐，以地为席，自由自在。

天大，地大，人也大。

幕天席地，纵意所如。何必非要困在两室一厅？

穷忌守 070

穷则变，变则通，通则久。

——《周易·系辞下》

事物发展到极点时就要变化，变化才能发展通畅，通畅才能持续发展。

山穷时，走水路；水尽时，又走山路；山穷水尽时，那就走陆路；陆路尽时，大不了走海路。

实在没路可走时，就自己开路。

急躁

071 忌

大鹏一日同风起，扶摇直上九万里。

——［唐］李白《上李邕》

只要心怀信念，你我皆是大鹏鸟。

不遇时，就修养心性，积蓄力量，让羽翼丰满。

等时机成熟，便扶摇而上，直冲云霄。

宜 勇敢

072

桃花落，闲池阁。山盟虽在，锦书难托。

莫、莫、莫！

——[宋]陆游《钗头凤·红酥手》

相传，陆家以一支家传凤钗作为信物与唐家结亲。

十九岁时，陆游娶了表妹唐婉。两人青梅竹马，婚后更加亲密，每天在一起吟诗作画，生活很是幸福。

不过，陆母却认为唐婉让儿子倦于读书，无心科举，影响仕途。于是，她以唐婉不能生育为由，将其逐出家门。

陆游不敢违背母亲的命令，又深爱着唐婉，便私自租了一栋宅院将唐婉藏起来。但还是被陆母发现了，唐婉不得不回到娘家。

不久后，唐婉嫁给皇族宗亲赵士程，陆游也再娶王氏，两人彻底无复合可能。

三十一岁时，陆游在沈园偶遇唐婉，感慨万分，于是在园壁上写下《钗头凤》。山盟海誓犹在，只是人不在。唐婉看到后，也和了一首《钗头凤》，诉说相思之苦。

此后没多久，唐婉便抑郁而终，年仅二十八。陆游遗憾终生，临死前还写诗怀念唐婉。

勇敢去爱吧，别留下遗憾！

宜 待时

073

君子藏器于身，待时而动。

——《周易·系辞下》

电影《东邪西毒》里有一句台词：“你这种年轻人我见得多啦，懂一点武功就以为可以横行天下，其实走江湖是一件很痛苦的事。”

很多人太着急，本来有大鹏的气韵，却选择羽翼未满时张翅，结果耗尽灵气，把自己弄得一身伤。

君子深藏才能而不炫耀，等到时机成熟时再施展出来。

除了暗自积累才能，还要有耐性，等得了时机。大鹏鸟即使有垂天之志，也要等到六月的大风吹起，才能扶摇直上九万里。

忌 074 胆怯

舟非水不行，水入舟则没。

——《孔子家语·六本》

水可以载舟，也可以覆舟。

但舟没有水不能行驶，舟进水就会沉没。

明知水危险，还要水上行。

宜 075

积极

不怨天，不尤人。

——《论语·宪问》

有情绪，解决情绪。

有烦恼，解决烦恼。

有难题，解决难题。

不埋怨天，不责备人。

忌 076 心急

毛羽不丰满者，不可以高飞。

——《战国策·苏秦始将连横》

羽翼不丰满，飞不高，也飞不远。

天大，地大，世间也大。

如果只懂点三脚猫功夫，就出来闯荡江湖，那么将会输得很惨。

别心急，再等等吧！

等羽翼丰满时，一飞冲天！

077 忌动怒

怒伤肝，喜伤心，思伤脾，忧伤肺，恐伤肾。

——《黄帝内经·素问·阴阳应象大论》

五种情志，五种伤害。

宜 孝敬

078

树欲静而风不停，子欲养而亲不待。

——《孔子家语·致思》

时间很重要。

树想要静止不摇摆，风却不停止；子女想要赡养父母，父母却已逝世。

人生在摇摆，父母在老去。有空，多关照他们吧！

哪怕，只是陪伴。

079 忌自大

不登高山，不知天之高也；

不临深溪，不知地之厚也。

——《荀子·劝学》

不登上高山，不知道天是多么高远；不走进深谷，不知道地是多么深厚。

百闻不如一见，何不亲自去看看。

百学不如一做，何不亲自去试试。

总之，要实践，不要纸上谈兵。

提升

宜 080

井蛙不可以语于海者，拘于虚也；

夏虫不可以语于冰者，笃于时也。

——《庄子·秋水》

认知不同，所看到的世界也不同。

井底之蛙，不知海之广大。

一夏之虫，不懂冬之冰雪。

认识自己，才能知道自己。

认识世界，才能知道世界。

081

忌评判

桓玄问刘太常曰：“我何如谢太傅？”刘答曰：“公高，太傅深。”又曰：“何如贤舅子敬？”答曰：“楂、梨、橘、柚，各有其美。”

——［南朝·宋］刘义庆《世说新语·品藻》

楂梨橘柚，各有各的美味。

高明深厚，各人有各人的特色。

宜 高歌
082

月下风前，逍遥自在，兴则高歌困则眠。

——［元］冯尊师《沁园春·鸣鹤余音》

高兴了就唱歌，困了就睡觉。

人生就是这么简单！

苦忌雨

083

竹斋眠听雨，梦里长青苔。

——［宋］方岳《听雨》

听着雨声入睡，多美妙呀！

宜 立志

084

燕雀安知鸿鹄之志哉！

——《史记·陈涉世家》

燕雀怎么能知道鸿鹄的远大志向！

小人物又怎么能知道英雄人物的远大志向！

忌设限

085

万古长空，一朝风月。

——《五灯会元·卷二》

有僧问崇慧禅师：“达摩祖师没到中国前有无佛法？”

崇慧禅师说：“未来时的事暂且不论，如今的事怎么做？”

僧人不解，又说：“请大师指点。”

崇慧禅师说：“万古长空，一朝风月。”

修行无止境，不问过往，不问将来。

086 忌躁动

我心素已闲，清川澹如此。

——［唐］王维《青溪》

我心向来悠闲宁静，如同清溪水一般淡泊安宁。

心静，世界就安静；心动，世界就躁动。

我心空明，万物可穷。

宜 087

断坏友

子非吾友也！

——［南朝·宋］刘义庆《世说新语·德行》

管宁、华歆两人同席读书，有一个乘着华丽的马车、穿着礼服的人从门前经过，管宁读书如故，华歆却放下书出去观看。于是，管宁割席分坐，对华歆说："子非吾友也！"

道不同不相为谋，碰到不齿的人，就对他说："子非吾友也！"

忌 自卑

088

仰天大笑出门去，我辈岂是蓬蒿人。

——［唐］李白《南陵别儿童入京》

我是大鱼，我终将戏浪沧海；

我是大鹏，我终将遨游天际。

我是沧海，我终将映照星辰；

我是天空，我终将包揽大地。

摔门而去，我岂是乡野蓬蒿之人！

宜 想象

089

山高自有客行路，水深自有渡船人。

——［明］吴承恩《西游记·第七十四回》

珠穆朗玛峰再高，也有人攀爬；马里亚纳海沟再深，也有人探索。

只要有心，便无难事！

忌自浊

090

恬澹无人见，年年长自清。

——［唐］褚光羲《咏山泉》

清者自清，浊者自浊。

清者心安，清者无愧。

宜 091 孤高

自古圣贤尽贫贱，何况我辈孤且直！

——[南朝·宋]鲍照《拟行路难·其六》

自古以来，圣贤常常身处贫贱，更何况我们这些孤独且正直的人呢？

与圣贤相比，我辈还不算贫贱，又怕什么？

悲时

忌

092

时人不识凌云木，直待凌云始道高。

——［唐］杜荀鹤《小松》

若是凌云之木，生于蓬蒿之间又如何？

宜 攀登
093

江山留胜迹，我辈复登临。

——［唐］孟浩然《与诸子登岘山》

世事更迭，江山却留下胜迹，让我辈登临。

站在前人的肩膀上，攀登新的高峰。

忌 烦恼

094

不如意事常八九，可与语人无二三。

——［宋］方岳《别子才司令》

不如意的事很多，能说的又很少，该怎么办？

让事情解决事情，让烦恼解决烦恼。

少说多做，允许一切发生。

095

宜 心静

人人避暑走如狂，独有禅师不出房。

可是禅房无热到？但能心静即身凉。

——［唐］白居易《苦热题恒寂师禅室》

心有多宽，路就有多宽；心有多静，天就有多凉。

忌 096

死磕

空手把锄头，步行骑水牛。

人在桥上过，桥流水不流。

——［南朝·梁］善慧大士《偈》

空手才能握住锄头，行走才能骑上水牛。

人从桥上过，水似没流动，桥却在脚下流。

山不转水转，人不转心转。

给心插上翅膀，就能飞出困境。

097

宜 风雅

浪定一浦月，藕花闲自香。

——［唐］李群玉《静夜相思》

风平浪静，明月一浦，藕花更香。

生活的雅趣，心闲时感受更强烈。

形式

忌

098

门庭清妙即禅关，枉费黄金去买山。

——［清］张问陶《禅悦》

只要门庭清幽，修行何必隐居山水。

清

099 忌心火

安禅不必须山水，灭得心中火自凉。

——［唐］杜荀鹤《夏日题悟空上人院》

参禅不必隐居山水，灭掉心火自然宁静。

外在环境是次要的，主要还是在于心。

心强大，在哪里都能修行。

宜 实践 100

纸上得来终觉浅，绝知此事要躬行。

——［宋］陆游《冬夜读书示子聿》

听别人的恋爱感悟，不如自己去谈恋爱。

看别人的旅行日记，不如自己去旅行。

有些事，还是要亲身经历才好。

忌妄为

101

成人不自在，自在不成人。

——［宋］罗大经《鹤林玉露》

有所成就的人，不太可能自在；逍遥自在的人，不太可能成事。

自在与成事，互相牵制。

宜 102

自适

人生如逆旅，我亦是行人。

——［宋］苏轼《临江仙·送钱穆父》

天地是万物寄宿的旅店，你我都是旅客。

随心所至，随遇而安。

不念聚散，不问过往。

自适不强求，尽力而不违命。

忌 得意

103

成名每在穷苦日，败事多因得志时。

——［明］陈继儒《小窗幽记·集灵篇》

过过苦日子，才知日子甜。

宜 104

清新

我有明珠一颗，久被尘劳关锁。

——［宋］释心月《示圆阇梨偈》

我的心性本如明珠，只是长久地被尘世劳烦的盒子关锁。

只要将心灵上的尘垢去净，就能获得真正的幸福。

苦哈哈

忌 105

哑子漫尝黄柏味，自家有苦自家知。

——［明］冯梦龙《东周列国志·第九回》

自己的苦只有自己知道，永远不要希望别人懂你的苦，除非他经历过你的经历。

美国女作家哈珀·李在《杀死一只知更鸟》中说：“你永远也不可能真正了解一个人，除非你穿上他的鞋子走来走去，站在他的角度思考问题。”

穿上别人的鞋子，走别人的路，那是多么难的事情呀！

宜 退让 106

处世不退一步处，如飞蛾投烛，羝羊触藩，如何安乐？

——［明］洪应明《菜根谭·概论》

忍一时风平浪静，退一步海阔天空。

身处世间而不懂得退让的道理，好比飞蛾扑火、公羊顶墙，怎么能获得安宁和快乐呢？

退，才能进。

无能
忌
107

积财千万，不如薄技在身。

——［北齐］颜之推《颜氏家训·勉学》

积财千万，也不如有一技之长。

钱能用完，技艺却可以生钱。

钱让人心乱，技艺让人专注。

通过钱看到的世界是肤浅的；通过技艺看到的世界是深刻的。

安宜静

108

静中与世不相关，草木无情亦自闲。

——［宋］饶节《眠石》

我心如止水，淡出世外；如草木无情，自在悠闲。

把心放在尘世之外，还有什么事情不能面对呢？

意难平

109

日落风更起，江头船不行。

凄凉大夫宅，萧瑟故王城。

一醉重楼晚，千秋万古情。

愁边动寒角，夜久意难平。

——［宋］孙应时《阻风泊归舟游净众寺》

爱意如风，吹起来很容易，停下来却很难。

110 宜疏狂

旁观拍手笑疏狂。疏又何妨，狂又何妨？

——［宋］刘克庄《一剪梅·余赴广东实之夜饯于风亭》

旁观的人拍手笑我们太粗疏、太狂放。我们回答：粗疏又何妨？狂放又何妨？

别人怎么看不重要，重要的是自己怎么活！

111 轻忌才

夜光之珠，不必出于孟津之河；

盈握之璧，不必采于昆仑之山。

——［南朝·宋］刘义庆《世说新语·言语》

夜明珠不一定出产自黄河；璧玉也不一定开采自昆仑山。

对于人才，不问出处。

游学

宜

112

丈夫当朝碧海而暮苍梧。

——[明]陈函辉《徐霞客墓志铭》

大丈夫应该心怀四海，读万卷书，行万里路。

谦宜虚 113

人生大病，只是一“傲”字。

——［明］王阳明《传习录·门人黄以方录》

人可以有傲骨，但不能有傲气。

傲骨的人刚强，傲气的人浅薄。

傲骨的人谦逊，傲气的人自大。

无论什么时候，都不要把自己太当回事。

忌分心 114

其业有不精、德有不成者，非天质之卑，则心不若余之专耳，岂他人之过哉！

——［明］宋濂《送东阳马生序》

人与人在天质上都差不多，成功的关键在于是否心意如一。

宜 115

期待

谷雨后来花更浓，前时已见玉玲珑。

——[宋]司马光《其日雨闻姚黄开戏成诗二章呈子骏尧夫》

谁说开到荼蘼花事了？春花过后还有夏花。

忌 逃避

116

人于浮世，独来独往，独生独死，苦乐自当，无有代者。

——［三国·魏］康僧铠译《说无量寿经》

人生于世间，会与不同的人、不同的事物建立或深或浅的联系。在此过程中，或爱或恨，或喜或悲。

但最终回头来看，我们都是独来独往，独生独死。人生的苦乐，只能由我们自己体会和承受，无法让他人代劳。

各自因果，各自承受。缘来时珍惜，缘去时不挂念。对人生中的每一种联系，不执着，只珍惜，便能自在欢喜。

宜 睡觉

117

而今何事最相宜？宜醉宜游宜睡。

——［宋］辛弃疾《西江月·示儿曹以家事付之》

现在最适合做什么？

喝酒、游玩、睡觉！

爱人 宜 118

不爱其亲，而爱他人者，谓之悖德。

——《孝经》

爱，先给自己最亲密的人，再给其他人。

不爱自己的父母，而去爱他人的父母，有违道德。

爱自己父母，才能将爱推及其他人。

忌 自缚

119

智者无为，庸人自缚……心若无异，万法一如。

——［北朝］僧璨《信心铭》

智者顺应自然，不做不符合自己心性的事情；庸人缚于外界，只会做与荣华富贵有关的事情。智者有所为，有所不为；庸人什么都为，就是不知道自己为何而为。

如何突破庸人的局限？

当齐物。平等看待一切事物，便没有荣辱、尊卑、等级、高低、贫富等差别，便能正视自己的内心，顺应自然规律。心无旁骛地做自己擅长且热爱的事情，便能无往不破，无困不除。

宜 120

随缘

苦乐随缘……得失随缘。

——[印]达摩祖师《略辨大乘入道四行观》

人生茫茫，犹如荒野。向东向西，向南向北，都可。

遇人因缘，遇物因缘，而不由自我喜好。

如能胸怀坦荡，大步向前，便能无畏惧，无迷途。

如能顺其自然，不求回报，便能无得失，无苦乐。

如能来时珍惜，去时不留，便能无惭愧，无悔恨。

应缘而动，应缘而静，方可解除羁绊，获得释然。

忌造作

121

无事是贵人，但莫造作，只是平常。

——［唐］义玄《临济录·语录》

无欲而无求，无求便自由。

如果心中没有挂念的事，那么就是贵人。千万不要计较追求，只是这样平常自然就好。

对于一件事情，过多地追求成功，只会适得其反。以无心插柳的淡然心态去做，反而能轻松获得成功。

宜 122

无住

不应住色生心，不应住声、香、味、触法生心，应无所住而生其心。

——《金刚经·庄严净土分》

执着、留恋为“住”，有形之物为“色”。

不应该因物而生发物心，也不应该因声音、香气、味道、触觉而生发欲心，应该因无所留恋而生发空心。

对于所有眼前的物色，要去顺应。不因符合自己的心意而欢喜贪爱，也不因违逆自己的心意而苦恼憎恶。

如水流过，只是流过。

忌外求 123

松下问童子，言师采药去。

只在此山中，云深不知处。

——[唐]贾岛《寻隐者不遇》

贾岛到山中寻访一位隐者，隐者不在家，问童子，得知他到深山中采药了。

很多时候，我们总认为生活在别处。以为换了一个城市，甚至换了一个国家，就能找到想见的人，得到想要的生活方式。

然则不是，生活只在我们的心里。只要我们热爱，此处就有“隐者”，此处就有“药”。

宜 修行

124

吉州青原惟信禅师，上堂："老僧三十年前未参禅时，见山是山，见水是水。及至后来，亲见知识，有个入处，见山不是山，见水不是水。而今得个休歇处，依前见山只是山，见水只是水。大众，这三般见解，是同是别？有人缁素得出，许汝亲见老僧。"

——［明］瞿汝稷《指月录·卷之二十八》

人生本是一场修行，境界不同，所看到的也不同。

青原惟信禅师三重参禅境界，也适用于我们的修行之路。

初出茅庐时，我们对世界的认知非常浅薄，看事物仅仅停留在表面，所以“见山是山，见水是水”。

有所阅历后，我们能看清事物本质，并遵循事物运行的规律行事，所以“见山不是山，见水不是水”。

历经世事后，我们释然，反观初心，不再对世界有所祈求，所以“见山只是山，见水只是水”。

宜 125 不奢求

夜静水寒鱼不食，满船空载月明归。

——［唐］德诚禅师《船子和尚偈》

夜静水寒，鱼不食饵，只能满载明月空船而归。

鱼，我所欲也。但鱼食饵需要机缘，并非去垂钓就可以求得。

越渴求，失望越多。

倘若心怀喜乐，放下执着，万事随缘，不渴求结果，就能只专注于放舟垂钓的闲适享受。纵然没有钓到鱼，也将满载月光而返，收获另一种生命体验。

世 忌 俗 126

潇洒尘埃外，扁舟一草衣。

——[唐]景云《溪叟》

隐居在溪边的老人，身披草衣，泛舟打鱼，洒脱自然，如同生活在人间之外。

恬淡、潇洒、自由、闲适，才是理想的生活方式！

不妨为生活撑一叶扁舟，泛于江湖云水之间。

宜 127

坚持

路遥知马力，日久见人心。

——［元］无名氏《争报恩》

给路程一段路程，给时间一点时间。

路走得远了，才知道马的耐力；人相处久了，才知道他的内心。

对一件困难的事，不妨多坚持一下；对一个拿不准的人，不妨多相处一下。

总之，别心急，慢慢来。

无明

128

多少人来看明月，谁知倒被月明看。

——［宋］释德聪《自题月轩》

人赏月，月也在赏人。

明月皎洁，谁会不爱?

但又有谁明白，其实每个人心中自有明月。心中的明月是什么样，天空中的明月就是什么样。

若不明白，则月是月，我是我。

修行路上，擦亮他人的灯时，也擦亮了自己心中的灯。

宜 存异
129

庄子与惠子游于濠梁之上。

庄子曰："鲦鱼出游从容，是鱼之乐也。"

惠子曰："子非鱼，安知鱼之乐？"

庄子曰："子非我，安知我不知鱼之乐？"

——《庄子·秋水》

人与人之间感知不同，所见也不同。

正如孔子所说"己所不欲，勿施于人"，对待人、事、物，都不可主观臆测。

因为大多时候，真相只是相对而言。

多忌劳 130

但识琴中趣，何劳弦上声？

——《晋书·陶潜传》

陶渊明有一张琴，没有弦。每当朋友相聚，他都携它赴会，抚弄一番。朋友很是不解。问他无弦无声，弹的是什么？他说："但识琴中趣，何劳弦上声？"

只要懂得琴曲的意趣，又何必要弹奏出声呢？

大象无形，大音希声。心中有琴音，比听弦上音更难得。真正的热爱，永远比流于形式的热爱更难能可贵。

宜 相守

131

破镜重圆，分钗合钿，重寻绣户珠箔。

——［宋］李致远《碧牡丹》

唐代孟棨《本事诗·情感》记载，南朝陈灭亡之际，太子舍人徐德言与妻子乐昌公主害怕因国破家亡而走散，便将一面镜子破成两半，各自携带，并约定于第二年的元宵节到集市上卖镜，以再度相见。

南陈灭亡后，陈后主当了俘虏，乐昌公主被隋文帝赐给了越国公杨素，做了杨素的小妾。

到了约定那一天，乐昌公主不能出门，只得拜托

杨素府上的老仆人去集市上卖镜。徐德言到集市后，看到卖另一半镜子的人不是乐昌公主，以为她已经离世，不禁伤感“镜与人俱去，镜归人不归；无复嫦娥影，空留明月辉”。

老仆人将徐德言的诗传给乐昌公主，公主痛哭欲绝，将缘由说给杨素听。杨素被打动，召见徐德言，将乐昌公主归还给他。

后来，两人回南方相守一生。

曾经沧海难为水，除却巫山不是云。

缘分，需要珍惜。只有相知相守，才能白头偕老。

宜 132 高洁

山不在高，有仙则名。水不在深，有龙则灵。斯是陋室，惟吾德馨。苔痕上阶绿，草色入帘青。谈笑有鸿儒，往来无白丁。可以调素琴，阅金经。无丝竹之乱耳，无案牍之劳形。南阳诸葛庐，西蜀子云亭。孔子云：何陋之有？

——［唐］刘禹锡《陋室铭》

如果品行高雅，居住在陋室又如何。

诸葛亮没出山前，隐居在南阳草庐，躬耕于田亩之间，照样自称卧龙。

即使身居老破小，但认真生活、读书、修心、体悟，眼前的天地自然广阔。

物忌哀 133

不以物喜，不以己悲。

——［宋］范仲淹《岳阳楼记》

倘若心为外物所劳役，自然就难以感受生命的乐趣。

得与失，人生常态。想要拥有，就要接受失去。不是世界属于我，而是我属于世界。来与去，是人与物的能量守恒定律。

外物不可控，但内心却可以无限充盈。

不因外物丰盈富足而欢喜，也不因自己失意潦倒而悲伤。

人生流到哪儿，就是哪儿。

笃信：随遇而安，自生幸福。

宜 清欢 134

人间有味是清欢。

——［宋］苏轼《浣溪沙·细雨斜风作晓寒》

在狂欢面前，世人如饕餮。

灯红酒绿式狂欢，纸醉金迷式狂欢，大鱼大肉式狂欢，淫逸纵情式狂欢，豪赌豪斗式狂欢，香车美女式狂欢，金钱至上式狂欢……世人在狂欢中迷失，也在狂欢中毁灭。

殊不知，清茶清饭，有烟有火，才是至上的欢乐。

宜 135

乐道

衡门之下，可以栖迟。泌之洋洋，可以乐饥。

——《诗经·陈风·衡门》

衡门虽然简陋，但却可以息游；泌水虽然不能果腹，但却可以游乐。

安贫乐道，志趣高洁，又怎么会被外在的环境束缚呢？

迷
忌
醉
136

屈原既放，游于江潭，行吟泽畔，颜色憔悴，形容枯槁。

渔父见而问之曰：“子非三闾（lǘ）大夫与？何故至于斯？”

屈原曰：“举世皆浊我独清，众人皆醉我独醒，是以见放。”

——［战国］屈原《渔父》

世人都被污染，唯独我清净；众人都已醉倒，唯独我清醒。

我清高，我孤傲。不与世界和解，又怎么样呢！

宜 相会

137

一日不见，如三秋兮。

——《诗经·王风·采葛》

一日不见，如隔三秋。情深所至，莫过于此。

三秋不见，还如昨日。情厚所至，莫过于此。

绝对

138

天下皆知美之为美，斯恶已。皆知善之为善，斯不善已。

——《老子·道经·第二章》

美丑、善恶在比较中存在。

当天下人知道什么是美时，便能知道什么是丑；
当天下人知道什么是善时，便能知道什么是恶。

推而广之，上下、左右、高低、内外、前后……
都只是相对的。

宜 朴素 139

信言不美，美言不信。善者不辩，辩者不善。知者不博，博者不知。

——《老子·德经·第八十一章》

回归朴素，不被华美的外表所迷惑。

真话不华美，美话不真实。善良者不好辩，好辩者不善良。智者不炫耀，炫耀者不智慧。

不修饰文辞，说朴素的话。

不争辩，也不炫耀。

140 忌自以为

行贤而去自贤之行，安往而不爱哉？

——《庄子·山木》

阳子到宋国，途中投宿旅店。店主有两个妾，一个美丽，一个丑陋。丑妾受人尊重，美妾被人轻贱。阳子问原因，店小二说：“那美丽的自以为自己美丽，但我不认为她美丽；那丑陋的自以为丑陋，但我不认为她丑陋。”阳子对弟子们说：“你们记着！品行高尚而又能去掉自以为高尚之心，去哪里不受人敬爱呢？”

行贤自贤，自以为贤者不贤。

清心

宜 141

菩提本无树，明镜亦非台。

本来无一物，何处惹尘埃。

——［唐］惠能《菩提偈》

禅宗第五代祖师弘忍为了寻找衣钵传人，便对东山寺众弟子说：“你们各作一偈，拿来给我看。如果谁做的偈能觉悟禅意，那么他就是第六代祖师。”

大师兄神秀和尚先成一偈：“身是菩提树，心如明镜台。时时勤拂拭，勿使惹尘埃。”

五祖看后说：“未见本性。只到门外，未入门内。”

惠能不识文字，来寺里每日只在后堂舂米，听神

秀之偈后，也口占四句，托人代书示众。其偈曰：“菩提本无树，明镜亦非台。本来无一物，何处惹尘埃。”

众人皆惊，相互感叹：“奇人呀！看来不能以貌取人，说不定什么时候他就成菩萨了！”

果然，当夜五祖便对惠能传法并托付衣钵。

正所谓“出淤泥而不染，濯清涟而不妖”，如我心空明，不系于任何一物，又怎会被世俗的尘埃所浸染！

宜 142

自洁

草木有本心，何求美人折！

——［唐］张九龄《感遇十二首·其一》

自洁而不洁于人，自美而不美于人。

草木有草木自己生长的心意，不是为了让爱美的人采撷。

我为我而美，不为别人而美。

143 挂念

青山一道同云雨，明月何曾是两乡。

——［唐］王昌龄《送柴侍御》

怎么安慰远方的好友？

你走得再远，我们也能共对一轮明月，又怎么说我们隔得远呢？

想我的时候，就看看明月吧！

宜 自信

144

虽长不满七尺，而心雄万夫。

——［唐］李白《与韩荆州书》

李白身不满七尺，不算高大，但抱负宏大，诗歌壮丽，令后人为之倾倒，真可谓“心雄万夫”。

忌踌躇

145

从前种种，譬如昨日死；

从后种种，譬如今日生。

——［明］袁了凡《了凡四训·立命之学》

如何重新来过？

以前的事情就当已经死去，以后的事情就当刚刚出生。

不要回头，请往前看。

宜 146 小醉

眼看人尽醉，何忍独为醒。

——［唐］王绩《过酒家》

众人都醉了，我也醉吧！

偶尔跟着生活随波逐流，也没什么错。

忌躁动
147

（惠能）遂出，至广州法性寺。值印宗法师讲《涅槃经》。时有风吹幡动。一僧曰风动，一僧曰幡动。议论不已。惠能进曰：“不是风动，不是幡动，仁者心动。”

——《六祖坛经 · 行由》

心起则一切起，心不动则一切不动，

任世间纷扰，我心岿然不动。

宜 修心
148

圆满光华不磨莹，挂在青天是我心。

——［唐］寒山《众星罗列》

心如明月，不减清辉。

忌 149 名利心

落花无言，人淡如菊。

——［唐］司空图《诗品二十四则·典雅》

花开无声，花落无言，宠辱不惊，去留无情。

人淡如菊，淡出荣辱，淡出名利，淡出诱惑，淡出骨气。

在人生的春天，浓如桃花；在人生的秋天，淡如菊花。

宜隐居

150

只将波上鸥为侣，不把人间事系心。

——[唐]杜荀鹤《赠彭蠡钓者》

撑一叶浪迹天涯的小舟，以鸥鸟为伴侣，以闲云为方向，抛却人间俗事，可好？

宜 151

会友

十年劳远别，一笑喜相逢。

——［唐］陈羽《送灵一上人》

十年不见，相逢一笑，万般情谊，都在此中。

与朋友相处，就是这么简单。

无定

忌

152

佛在灵山莫远求，灵山只在汝心头。

人人有个灵山塔，好向灵山塔下修。

——［明］吴承恩《西游记·第八十五回》

修行不必远求，修行在于修心。

心定，修行成；心不定，修行败。

不要询问答案，要看问题本身。

宜 153

追求

寄蜉蝣于天地，渺沧海之一粟。

——［宋］苏轼《赤壁赋》

人短暂而渺小。

如蜉蝣，寄居天地；如一粟，浮于沧海。

但又因此而无限辽阔。

有限，让人懂得珍惜。

渺小，让人追求伟大。

鸡忌娃

154

人皆养子望聪明，我被聪明误一生。

唯愿孩儿愚且鲁，无灾无难到公卿。

——[宋]苏东坡《洗儿诗》

放过孩子，也放过自己。

宜 155

心安

我生本无乡，心安是归处。

——［唐］白居易《初出城留别》

心若漂泊，哪里都是他乡。

心若安定，哪里都是家乡。

天大地大，总有容身之所。

心怀坦荡，随遇而安。

忌务虚 156

未悟病时须去病，已知空后莫依空。

——［唐］白居易《送李滁州》

没有悟到疾病的本质之前，就要努力去除疾病；

已经悟到虚空之后，就不要依赖虚空的学问，而是回归现实，投入生活。

宜 不悲

157

人情反复，世路崎岖。

——[明]洪应明《菜根谭·概论》

人情冷暖，反复无常。有人爱的时候少，没人爱的时候多。没人安慰的时候，就蹲下来抱抱自己。

人生之路，崎岖不平。有高山，有平原，也有低谷。要得之不喜，也要失之不悲。

忌 158

伤春

春日才看杨柳绿，秋风又见菊花黄。

——[明]憨山大师《醒世歌》

春来秋往，循环往复。

杨柳匆匆，菊花草草。

美好的事物总是短暂易逝。

接受日复一日，允许美好流逝。

宜 159 净心

吾心似秋月，碧潭清皎洁。

——［唐］寒山《吾心似秋月》

心是什么样的，人就是什么样的。

心如秋月，便能皎洁地倒映于尘世的水面。

月有一心，能映于千江；人有一心，能现于千面。

160

忌复杂

人间未有关身事，每到渔家不欲归。

——[唐]张乔《潭上作》

早上起来，去河里放网。

中午回来吃饭，然后睡个午觉。

下午去收网，然后去集市贩鱼。

晚上回来，倚伴渔火入眠。

这样的渔人生活，很难有人不向往吧？

宜 出发

161

欲买桂花同载酒，终不似，少年游。

——［宋］刘过《唐多令·芦叶满汀洲》

花还是那花，酒还是那酒。只是人变了，那感觉也不在了。

人的一生，每一个台阶都有相对应的美好。上一个台阶拥有的美好，下一个台阶可能就会失去。

年少时的豪情万丈，年老后很难再寻得。

人生路要慢赶，在准备拥抱一个美好时，先估量一下会失去什么吧！

正如歌词所说：“要拥有必先懂失去怎接受。”

忌162 不自度

药医不死病，佛度有缘人。

——[明]冯梦龙《醒世恒言·刘小官雌雄兄弟》

救人、度人，都有局限。

一心求死的人，药救不活；机缘不成熟的人，佛度不了。

想要被救，先要自救；想要被度，先要自度。

宜 看云

163

卧看满天云不动，不知云与我俱东。

——［宋］陈与义《襄邑道中》

顺风行船，卧看闲云，闲云不动，才知道我与云飘的方向相同。

强说愁

164

少年不识愁滋味，爱上层楼。爱上层楼，为赋新词强说愁。而今识尽愁滋味，欲说还休。欲说还休，却道“天凉好个秋”！

——［宋］辛弃疾《丑奴儿·书博山道中壁》

年轻时，没有愁，敢说愁；年老时，满是愁，害怕愁。

年轻时，不深刻，喜欢深刻；年老时，太深刻，不想深刻。

年轻时，很简单，追求丰富；年老后，很复杂，追求简单。

165 宜决断

断以决疑，疑不可缓。

当断不断，反受其乱。

——[宋]邵雍《当断吟》

决断往往在一瞬间完成。

犹豫不决，说明所决之事利弊相当。

这时候，需要放远眼光。对未来更有利，决；否则不决。

忌刻薄

166

过于厚者常获福，过于薄者常近祸。

——［明］袁了凡《了凡四训·改过之法》

厚道的人常能获得福报；刻薄的人常会招来祸患。

宜 审美

167

楼上看山，城头看雪，灯前看月，舟中看霞，月下看美人，另是一番情境。

——［清］涨潮《幽梦影·第二十七则》

去发现美，去创造美，去享受美。

忌 粉饰

168

求色不可用糖炒，求香不可用香料。一涉粉饰，便伤至味。

——[清]袁枚《随园食单·须知单》

做菜时，求色在于保留食材的原色，求香在于保留食材的原香。用其他调料增添食材的色香，便会伤到食材本来的味道。

人也一样，提升自己在于修养内在，而不是修饰外在。

宜
169

惜时

人生百年，梦寐居半，愁病居半，襁褓垂老之日又居半，所仅存者，十之一二耳。

——［清］蒋坦《秋灯琐忆》

人的一生，不过三万来天。该珍惜的时候，就珍惜吧！

多思想 170

吃茶去。

——《五灯会元·卷四》

从谂（shěn）禅师在赵州观音院驻场时，常有僧人前来问禅，但每次他只说：“吃茶去。”

有一天，又两个僧人到访。

从谂禅师问先来的僧人：“以前来过这里吗？”

他说：“来过。”

从谂禅师说：“吃茶去。”

又问后来的僧人：“以前来过这里吗？”

他说："没有来过。"

从谂禅师说："吃茶去。"

院主问："为什么来过的你也让他吃茶去，没来过的你也让他吃茶去？"

从谂禅师喊："院主。"

院主回应："诺。"

从谂禅师说："吃茶去。"

以后，再有人问需要思考才能回答的问题，就回复他："吃茶去。"

务远 忌 171

布衣菜饭，可乐终身，不必作远游计矣。

——［清］沈复《浮生六记·闺房记乐》

粗茶淡饭，人生可乐，何必奔波到远方谋求生计呢？

宜 172

给予

天下皆知取之为取，而莫知与之为取。

——《后汉书·桓谭冯衍列传上》

天下人都知道获得为获得，而不知道给予也是获得。

茨威格在《断头皇后》中说：“所有命运馈赠的礼物，早已在暗中标好了价格。”

每一份获得都是命运馈赠的礼物，获得越多，要偿还的也就越多。而给予可以抵消因获得欠下的债务。

法忌下

173

取法于上，仅得为中；

取法于中，故为其下。

——［唐］李世民《帝范》

做事的方法关乎事情的结果。

用上等法，能得到中等的结果；用中等法，就只能得到下等的结果。

稍稍提高要求，才能获得预期成果。

宜 善良

174

上善若水，水善利万物而不争。

——《老子·道经·第八章》

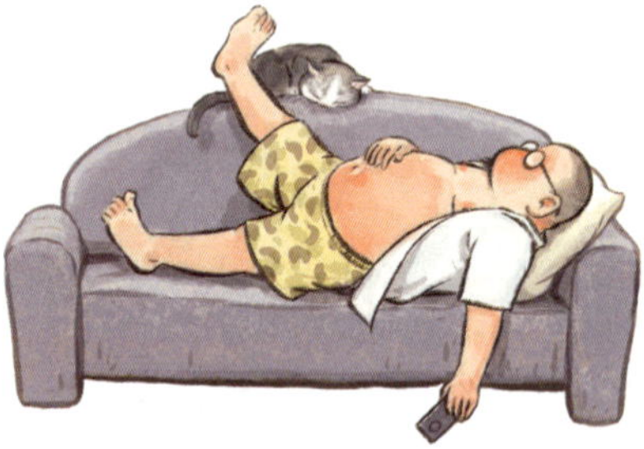

圣人的品性如同水一样，滋润万物而不与万物相争。

175 忌空谈

临渊羡鱼，不如退而结网。

——《汉书·董仲舒传》

想要什么就去行动。

站在水边想获得鱼，不如回家织网来捕鱼。

每天烧香祈求彩票中奖，不如每天都买彩票。

忘忧

宜 176

梦里不知身是客，一晌贪欢。

——［南唐］李煜《浪淘沙·帘外雨潺潺》

人生如逆旅，我亦是行人。

只有在梦中，才能暂时忘掉心中的羁旅之感。

但如果把天地比作旅馆，世间万物什么不是过客呢？

故乡是过客，他乡也是过客。你是过客，我也是过客。

那怎么办呢？

苏轼说："此心安处是吾乡。"

忌多愁 177

世间无限丹青手，一片伤心画不成。

——［唐］高蟾《金陵晚望》

愁，看不见，也摸不着。无法画，也无法听。只能自我感知，自我消化。

忌 178 执着

因想余生平，繁华靡丽，过眼皆空，五十年来，总成一梦。

——［明］张岱《陶庵梦忆·序》

人间繁华，不过是大梦一场，过眼烟云，又何必执着呢？

宜 179

怀念

肠断月明红豆蔻，月似当时，人似当时否？

——[清]纳兰性德《鬓云松令·枕函香》

地方是当时的地方，月是当时的月，人还是当时的人吗？

物是人非，唯有情未曾非。

忌 180

拘束

两人对酌山花开，一杯一杯复一杯。

我醉欲眠卿且去，明朝有意抱琴来。

——[唐]李白《山中与幽人对酌》

我喝醉了，你想走就走吧，明天有意再来！

宜积聚

181

江河之水，非一源之水也；

千镒之裘，非一狐之白也。

——《墨子·亲士》

积小成大，积少成多。

长江、黄河的水，不是只有一个源头；价值千镒的裘皮大衣，不是只用一只狐狸的皮毛。

182 忌物累

一切有为法，如梦幻泡影，如露亦如电，应作如是观。

——《金刚经·应化非真分》

世间万物，如梦幻泡影一样不真实，如朝露闪电一样短暂。哪怕只想抓住其中之一，到头来也只是虚妄一场。

既然人生是一场空，那么就不要执着于任何自我欲望。

反过来以“如梦幻泡影，如露亦如电”的心态生活，不驻扎于任何梦幻的物质世界，不追求任何形式的永恒，便能一切淡然，自在心安。

如此，生活得更洒脱、更自由，不被情感、物质所累。

守志
宜 183

老当益壮，宁移白首之心？

穷且益坚，不坠青云之志。

——［唐］王勃《滕王阁序》

困苦时，更应坚守志向。

不忌欢乐

184

随富随贫且欢乐，不开口笑是痴人。

——［唐］白居易《对酒五首·其二》

晚年的白居易，遣散奴仆歌姬，隐居洛阳香山，每日饮酒放歌，不问世事，过着安闲自如的生活。

他的好友元稹则不同。元稹被贬谪半生后，仍然热心朝政，甚至不惜依附宦官以获得宰相之位，因有一颗功名心，常怀忧虑。白居易总是劝他看淡，多享受眼前的晚年时光。他没听，最终暴病而逝。

我们的生活有太多流转，富贵一时来又一时去，能抓住的无非是此刻的欢乐。所以，多笑笑。

随心宜

185

行到水穷处，坐看云起时。

——［唐］王维《终南别业》

安史之乱时，王维沦为叛军俘虏，因此觉得耻辱。晚年他住在终南山，信步闲走。

走到水的尽头去寻求源流，坐看上升的云雾千变万化。

年纪越大，越觉世间残忍，越要一份宁静，眼前之事不过阴云，清风一拂又将皓月当空，从来都是风和日丽。

或许，危机就是转机，人生从没有穷途末路。身处危机之时，也是新希望的开始。

186 忌操心

晚年唯好静，万事不关心。

——［唐］王维《酬张少府》

人的生命力有限，不用事事关心。

王维隐居辋川后，再也不关心朝堂之上的纷争，一心修禅，两袖清风，颇为闲适。

随着年龄增长，我们应该变得更加智慧、温和、收敛，并明白自己的局限所在。少操心，多顺随，不再盲动。

187 勤宜劳

贫无可奈惟求俭，拙亦何妨只要勤。

——[清]王永彬《围炉夜话·第三则》

贫穷没有办法解决，只能节俭生活；

愚笨又何妨，只要肯勤奋。

忌白眼

188

一钵千家饭，孤身万里游。

青目睹人少，问路白云头。

——［唐］布袋和尚《偈》

相传，布袋和尚是弥勒佛所化。他游走人间，在化缘中经常遭到冷遇，甚至连问路也没人理睬，很少被人正眼对待。但他从不以眼还眼，以牙还牙，而是一笑了之。

人在社会，哪有不遭白眼的。不如报之一笑，让他三分。

宜 行动

189

不愁归路晚，明月上前汀。

——[宋]释惠崇《访杨云卿淮上别墅》

我怎么会变成这样？为什么就不能回到从前？为什么不离开这个糟糕透了的城市？为什么不能鼓起勇气实现多年前的梦想？

总有事情追着我们跑，而内心深处那只纯粹的小野兽不时在咆哮：“归去来兮！归去来兮！”我们太害怕失去眼前的一切了！而且觉得已经太晚！

其实不晚。无论什么时候都还来得及，且都会有美好的事物前来相伴。

忌糊涂

190

为爱寻光纸上钻，不能透处几多般。

忽然撞着来时路，始觉平生被眼瞒。

——［宋］白云守端《蝇子透窗偈》

苍蝇喜欢飞向光亮之处，如果碰到糊纸的窗户，它就会一直钻，左上右下拼命地找路。突然找到当初飞进来的洞口，一下子飞出，它才知道被自己的眼睛欺骗了，以为看到光就是出路，太冤枉！

人生的来时路，要依靠内在的智慧才能找到。

向理想的目标前进时，要记得不时回头看看。因为，也许我们想要的，在开始时，就已拥有。

宜 191

面对

死了何须掘土埋！

——［元］石屋清珙《临终偈》

生老病死，本就是每个人必须面对的事情。

顺其自然，不必留恋，也不必恐惧。

有来有回，才是一个完整的闭环。

忌急功

192

大方无隅，大器晚成。

——《老子·德经·第四十一章》

大方正没有棱角，大器物耗时很长才成。

人是璞玉，不琢磨，不成器。

要想成为被人敬仰的大器，就要不断地自我琢磨，就要经得住时间的考验。

晚一点没关系，坚持住，总能成器。

宜 193 不解

吾生也有涯，而知也无涯；以有涯随无涯，殆已！

——《庄子·养生主》

如今，信息在爆炸，知识也在爆炸，书籍已经多到让人恐惧。

人生有限，知识无限。穷尽毕生，也不可能翻阅世上的书籍，学完所有的知识。

所以，不必“学海无涯苦作舟”！

194 忌 刻意

王子猷（王徽之）居山阴，夜大雪，眠觉，开室命酌酒，四望皎然，因起彷徨，咏左思《招隐》诗，忽忆戴安道（戴逵）。时戴在剡，即便夜乘小船就之。经宿方至，造门不前而返。人问其故，王曰："吾本乘兴而行，兴尽而返，何必见戴！"

——［南朝·宋］刘义庆《世说新语·任诞》

有时候，人太纠结。种了花，非要有果；去旅行，非要有目的地；去见人，非要有理由。最终，一无所获，徒增遗憾。

为什么不能轻松点呢？

乘兴而行，兴尽而返。不渴求结果，只享受过程。

宜 补救

195

亡羊而补牢，未为迟也。

——《战国策·庄辛谓楚襄王曰》

出现失误，想着去补救，永远都不迟。

意识到危机时，要未雨绸缪，才不至于出现漏洞。

忌 196

服老

莫道桑榆晚，为霞尚满天。

——［唐］刘禹锡《酬乐天咏老见示》

白居易与刘禹锡同岁，虽早有诗文唱和，但因仕途辗转，故相聚在一起时，两人都已经垂垂老矣。

对于老病，白居易有时很伤感。他在写给刘禹锡的《咏老赠梦得》中说：“我跟你都老了，你看我眼睛不行了，头发也稀少了，镜子也不敢照了，只想跟你见面闲谈，其他什么也不想做了。”

“诗豪”刘禹锡向来豁达，开慰白居易说：“晚霞照样也能铺满天空。”

只要心不老，人就不会老。

宜 洒脱

197

丹青不知老将至，富贵于我如浮云。

——［唐］杜甫《丹青引赠曹将军霸》

曹霸是盛唐时期的著名画家，擅长画马。安史之乱后，他穷困潦倒，漂泊到成都，与杜甫结识。曹霸痴迷绘画，竟不知老之将至，把荣华富贵看得跟浮云一样淡薄。杜甫有感而发，遂作此诗。

热爱一件事，就全身心地投入吧！洒脱一点，放达一点，管它会不会带来荣华富贵呢！

忌 198

不积

博观而约取，厚积而薄发。

——[宋]苏轼《稼说送张琥》

世界之大，不能不观。不观，无法认识世界。无法认识世界，最终就无法认识自己。

观看世界，认识自己，读书是一个很不错的方式。

首先，要广泛地阅读。古今中外，文史哲理，无不涉猎。

其次，要学会有所选择。在知识海洋里，选精而记，以备时用。

最后，还要把书从“厚”读到“薄”。换句话说，就是要活学活用，让知识为我所用。

宜 199 回首

众里寻他千百度，蓦然回首，那人却在，灯火阑珊处。

——［宋］辛弃疾《青玉案·元夕》

人最大的痛苦莫过于把太多心血花费在错误的方向上。迷雾半生，回头一看，原来想要的东西就在身边，可惜已经来不及了。

下次远行的时候，先回头看看吧！也许，我们不需要到远方，就能找到想要的东西。

宜 顺势

200

自天佑之，吉无不利。

——《周易·系辞上》

按照自然的规律行事，就会得到上天护佑，万事吉利。

天助己助者。行事前，多调查。

201 忌强施

己所不欲，勿施于人。

——《论语·颜渊》

严以律己，宽以待人。

自己不想要的，不要强施给别人。

为别人着想，别人才会为你着想。

推己及人，真心才能换真心。

宜

积累

202

涓涓不壅，终为江河。

——《孔子家语·观周》

细流如果不堵塞，终将汇成江河。

小问题不处理，终会酿成大问题。

相反，积累小能力，也能成大能力；积攒小钱，也能成大钱。

由小及大，由弱到强，全在积累。

过度 忌 203

日中则移，月满则亏，物盛则衰。

——《战国策·蔡泽见逐于赵》

太阳升到最高后便会向下移，月亮圆满后便会缺失，事物强盛后便会衰弱。人事亦是如此，一切都有尽头。

兴，不过分张扬。

衰，不过分悲伤。

荣，不过分炫耀。

辱，不过分羞耻。

宜 预防 204

上工治未病，不治已病。

——《黄帝内经·灵枢·逆顺》

防病比治病重要。

良医重在帮人防病，不重在帮人治病。

205 忌 不适

日出而作，日入而息，逍遥于天地之间，而心意自得。

——《庄子·让王》

人很复杂，但生活可以简单。

日出而作，日落而息，无拘无束地生活在天地之间，自然就能感受到心中的快意。

在平常中寻找快乐，简单也会变得精彩。

宜 超脱

206

得鱼忘筌。

——《庄子·外物》

追求物质享受，不可以得鱼忘筌。

追求精神超脱，可以得鱼忘筌。

物质享受是即时的，拥有后还需要工具维持。

精神超脱是永久的，获得后工具便失去作用。

多 忌 207 食

节饮食以养胃，多读书以养胆。

——谚语

人活着要吃饭，人活着也要读书。

饭要少吃，书要多读。

少吃饭养胃，多读书养胆。

宜 真诚

208

云在青天水在瓶。

——［唐］李翱《赠药山高僧惟俨·其一》

惟俨禅师到沣州（今湖南沣县）药山说法。太守李翱屡请不赴，亲自上山拜谒。惟俨禅师坐在树下手不释卷，并不起身相迎。

侍者说："太守在此。"

但惟俨禅师仍端坐不动，恍若未闻。

李翱性子急，不耐烦地说："见面不如闻名。"随后拂袖就要走。

惟俨禅师说："太守为什么贵耳贱目？"

李翱回身问："为什么这么说？"

惟俨禅师先向上指天，后向下指净瓶，然后说："懂了吗？"

李翱回答："不懂。"

惟俨禅师说："云在青天水在瓶。"

宜 求己

209

行有不得者，皆反求诸己。

——《孟子·离娄章句上》

内省是人生大智慧。

己是问题的根源，也是解决问题的关键。

行为没有达到预期效果，要内求于己，而不外求于人。

忌 210

不运动

流水不腐，户枢不蠹。

——《吕氏春秋·尽数》

流动的水不会腐臭，转动的门轴不生蠹虫。

同理，只有适当运动，生命力才更持久。

心中有光
照见自我
姑苏阿焦
阿焦

不满足

忌 211

人生贵得适意尔，何能羁宦数千里以要名爵？

——［南朝·宋］刘义庆《世说新语·识鉴》

张翰任齐王司马冏东曹掾时，在洛阳，见秋风起而想吃老家吴中的菰菜羹和鲈鱼脍，他说：“人生贵得适意尔，何能羁宦数千里以要名爵？”于是，命人驾车南归。

人生贵在能满足心意。

宜 212

在当下

人生一世，草生一秋，我们只管打鱼营生，学得他们过一日也好。

——［明］施耐庵《水浒传·第十四回》

生命何其短暂，又何其精彩，要珍惜，要活在当下。

伤逝

忌

213

且夫天地之间，物各有主，苟非吾之所有，虽一毫而莫取。惟江上之清风，与山间之明月，耳得之而为声，目遇之而成色，取之无禁，用之不竭。是造物者之无尽藏也，而吾与子之所共适。

——[宋]陶苏轼《赤壁赋》

好在还有大自然馈赠的阳光、明月、清风、细雨、小雪……抚慰我们的心灵！

宜 放舟

214

两岸猿声啼不住，轻舟已过万重山。

——［唐］李白《早发白帝城》

唐肃宗乾元二年（759 年）春天，李白因永王李璘案被以“附逆罪”流放夜郎（今贵州遵义一带）。当他行至巫山（今重庆境内）的时候，忽然收到肃宗大赦的消息，惊喜交加，随即乘舟从白帝城东下江陵（今湖北荆州）。

尽管沿途两岸猿声悲啼不停，李白仍沉浸在被赦的喜悦中，浑然不觉小舟越过一山又一山。

人生如是：轻舟前行，猛然回首，风轻云淡。

忌悲观

215

晚来天欲雪，能饮一杯无？

——［唐］白居易《问刘十九》

乐观的人先享受世界。

寒风彻骨，大雪将至，围炉而坐，热饮一杯，温暖如春。

宜 喝酒

216

我有一瓢酒，可以慰风尘。

——［唐］韦应物《简卢陟》

人生漂泊，生活奔波，好在一瓢酒就能抚慰。

妄想 217

人生分已定，富贵岂妄来。

——［唐］皎然《杂兴》

富贵有命，不可苟求，努力过就好。

要明白，富贵不是目的，只是过程。

宜 救急

218

君乃言此，曾不如早索我于枯鱼之肆！

——《庄子·外物》

庄周家贫，到监河侯那里去借粮。监河侯答应道：“诺！等我收到封邑的租赋税金后借你三百金，可以吗？”

庄周气得变了脸色，说：“我昨天来的时候，听到路中间有呼救声。我环顾四望，看到车辙中有条鲋鱼。我问：‘鲋鱼，你为何在这里？’它说：‘我是东海的臣民，你能拿出一升半斗的水救我吗？’

我说：‘我要向南去游说吴越王，成功了，我引西江的水迎接你回东海，可以吗？’鲋鱼气得变了脸色，说：‘我离开水就无法生存，现在只要一升半斗的水就能活下去，你却说出这样的话来，还不如早点去卖干鱼的市场找我！’”

空头支票害死人，拒绝画饼！

宜 219

努力

眼看别峰云雾起，不知身也在云间。

——［宋］徐玑《过九岭》

喜悦在流过汗水之后。

看着高峰，攀登高峰，不知不觉就成了高峰。

忌悲喜

220

纵浪大化中，不喜亦不惧。

——［晋］陶渊明《形影神三首·神释》

生死有命，富贵在天。

不因长生而欢喜，不因短寿而恐惧。

好好活着，总有收获。

宜 乐观

221

塞翁失马，焉知非福。

——《淮南子·人间训》

有一个居住在边境的老人，精通术数。他家的马无故跑到胡人的住地，人们都来安慰他，他说：“这为什么不是福呢？”几个月后，那匹马带回了胡人的良马，人们都来祝贺，他说：“这为什么不是祸呢？”他家有很多良马，他儿子骑马摔断了大腿，人们又来安慰，他说：“这为什么不是福呢？”

一年后，胡人大举入侵，大多数壮年男子都死在了战场，只有他儿子因为腿瘸得以保全性命。

福可以转化为祸，祸可以转化为福，无法预测。

是福不是祸，是祸躲不过。乐观看待生活，不必忧心忡忡。

忌 气馁

222

不宜妄自菲薄。

——［三国·蜀］诸葛亮《前出师表》

尺有所短，寸有所长，千万不要小看自己。

宜 有梦

223

似僧有发，似俗无尘；作梦中梦，见身外身。

——［宋］黄庭坚《写真自赞五首·其五》

据传说，黄庭坚任黄州知府时，一天午休，梦到自己走出衙门，来到一个乡村，看见一位老妇在自家门前烧香祈祷，香案上供着一碗芹菜面。他素来喜欢吃芹菜面，没忍住，端起来就吃了。醒来时，他发现嘴里真有芹菜的香味。

第二天，他又梦到同样的场景。醒来后，他感到很奇怪，便寻着梦中的路径走去，竟然和梦里完全一样。他找到老妇，问缘由。

老妇说：“我女儿生前喜欢吃芹菜面，昨天是她的忌日，所以设案供奉。”

黄庭坚问：“您女儿去世多久了？”

老妇说：“二十六年了。”

黄庭坚暗惊，昨天正是自己二十六岁生日。老妇将他引进屋，指着一个大木柜，说她女儿生前所看的书全在里面，只是找不到钥匙了。不可思议

的是，黄庭坚好像知道放钥匙的位置，依记忆就找到了。柜子里有许多文稿，他阅读后，大吃一惊，原来那些文稿与他所写的完全一样！

至此，黄庭坚知道：老妇的女儿就是他的前世！于是，他将老妇接到衙门，奉养余年。

后来，黄庭坚在衙门后花园里建了一座小亭，亭里有他的自刻像。他题诗：“似僧有发，似俗无尘；作梦中梦，见身外身。”

人生如梦，我是谁的梦中梦，又是谁的身外身？

忌 强求

224

命里有时终须有，命里无时莫强求。

——《增广贤文·上集》

能求，但是不能强求。

只能用心种花，而不能强求花能开。

命运是种花的整个过程，而不是花开不开的结果。

对于人生，努力体验即可，结果没那么重要。

宜 前行

225

山重水复疑无路，柳暗花明又一村。

——［宋］陆游《游山西村》

看似无路时，往往转个弯就是大路。

无望蕴藏着希望，不可能里包含着可能，关键在于是否能坚定信念。

忌 薄情

226

满目山河空念远，落花风雨更伤春，不如怜取眼前人。

——［宋］晏殊《浣溪沙·一向年光有限身》

人生易逝，珍惜眼前的人比什么都重要。

夏初梦起
姑苏阿焦

春听鸟声，夏听蝉声，秋听虫声，冬听雪声；白昼听棋声，月下听箫声，山中听松风声，水际听欸乃声，方不虚此生耳。

——[清]张潮《幽梦影·第七则》

万物有声。侧耳聆听，定能感受其中的美好。

心宜乐

228

乐不在外而在心。

——[明]李渔《闲情偶寄·颐养部·行乐第一》

真正的快乐源自内心。

向外求取的快乐是肤浅的。

内心充盈，自生快乐。

229

忌乱吃

凡事不宜苟且，而于饮食尤甚。

——［清］袁枚《随园食单·戒苟且》

吃，很重要。

不但要吃饱，还要吃好。

不但要吃好，还要会吃。

不但要会吃，还要明白为什么吃。

不但要明白为什么吃，还要能自己做。

由此，悟出生活的真谛：吃掉自己做的饭。

宜 230

不违命

尽人事以听天命。

——[清]李汝珍《镜花缘·第六回》

人事努力做，天命不要违。

享受过程，而不苛求结果。

忌 胡来

231

彼节者有间，而刀刃者无厚。以无厚入有间，恢恢乎，其于游刃必有余地矣。

——《庄子·养生主》

梁惠王看庖丁解剖牛，只见庖丁拿起刀来，只用手一触，用肩一倚，用脚一踩，用膝一靠，毫不费劲地就把牛的骨头和肉分割开来，非常利索。

梁惠王很吃惊，佩服地问庖丁：“你的手艺怎么这么高呀？”

庖丁放下刀回答：“因为我明白了用刀的原理。我刚学解剖牛的时候，看到的是一整头牛；三年后，就不再看到完整的牛了；现在，我非常清楚牛的

结构，不用看牛也能自然地解剖。”

梁惠王又问：“你这把刀一定很锋利吧？”

庖丁回答：“一般人解剖牛用的刀，一个月就要换一把。我这把刀已经用了十九年，宰杀了几千头牛，但仍然如新刀一样锋利。其实，刀刃很薄，把刀放到骨与肉连接的关节处解牛，简直游刃有余！”

掌握事物规律，行事游刃有余。

如果人生如刀，那么人间就是要解剖的牛。想要不被世俗锉钝，就要懂得向着世俗的关节处运刀。

忌 232 逆势

春生、夏长、秋收、冬藏，天之正也，不可干而逆之。

——《鬼谷子·本经·持枢》

春生、夏长、秋收、冬藏，是上天运行的自然规律，不能违背。

宜 养心

233

养心莫善于寡欲。

——《孟子·尽心章句下》

修养心性没有比减少欲望更好的办法。

忌 234

失德

吾人立身天地间，只思量做得一个人，是第一义，余事都没要紧。

——［明］高攀龙《高氏家训》

先做人，再做事，人生至理。

宜 相爱

235

愿得一心人，白头不相离。

——［汉］卓文君《白头吟》

《西京杂记》记载，蜀地巨商卓王孙的女儿卓文君，聪明美貌，富有文采，且通音律。孀居在家时，遇到司马相如，坠入爱河，遂与其私奔。

后来司马相如得到汉武帝赏识得势，打算纳妾。卓文君得知后非常愤怒，写下《白头吟》寄给司马相如，以示决绝之意。

司马相如看完信后，便打消了纳妾的念头。

相伴不相扰
不如养只猫
姑苏阿焦

宜 自我

236

来时无迹去无踪，去与来时事一同。

——［唐］鸟窠禅师《无题》

人出生时悄无痕迹，死去时也没有踪影。

去与来都相同，什么都带不来，也什么都带不走。

好像没来过，也没去过。

人生如梦，不必在意他人的眼光。

人间一趟，请活出自我。

不安

237

试问岭南应不好，却道：此心安处是吾乡。

——［宋］苏轼《定风波·南海归赠王定国侍人寓娘》

苏轼因“乌台诗案”被贬黄州。受苏轼牵连，好友王巩也被贬谪宾州。宾州远在岭南，荒僻湿热，居住条件异常恶劣。王巩赴任时，他的歌妓柔奴（寓娘）情深不辞苦，毅然随行到岭南。

后来，王巩调任回京，路过黄州，与苏轼重逢。苏轼感慨万千，便问寓娘：“在岭南生活，应该很不好吧？”寓娘却乐观地回答：“此心安处是吾乡。”

听罢，苏轼变得愈发乐观豁达。

宜 无乐

238

至乐无乐，至誉无誉。

——《庄子·至乐》

最高境界的快乐是不追求快乐，最高境界的荣誉是不追求荣誉。

不追求快乐便无所谓快乐，不追求荣誉便无所谓荣誉。

无所谓快乐便都是快乐，无所谓荣誉便都是荣誉。